Vente du Jeudi 12 Mai 1870

SALLE N° 5

COLLECTION DE M. S...

TABLEAUX ANCIENS

Principalement de l'École française

TROIS MAGNIFIQUES PANNEAUX

Par J.-B. LEPRINCE

UNE TÊTE DE BACCHANTE

Par GREUZE

DEUX BUSTES DE FEMME EN MARBRE

EXPOSITION PUBLIQUE

Le Mercredi 11 Mai 1870, de une heure à cinq heures et demie

Me CHARLES OUDART, Commissaire-Priseur

M. EMILE BARRE, Expert

PARIS — 1870

RENOU ET MAULDE

IMPRIMEURS DE LA COMPAGNIE DES COMMISSAIRES-PRISEURS

Rue de Rivoli, 144.

CATALOGUE

DE

TABLEAUX ANCIENS

Principalement de l'École française

PARMI LESQUELS

TROIS MAGNIFIQUES PANNEAUX
Par J.-B. LEPRINCE

UNE TÊTE DE BACCHANTE
Par GREUZE

DEUX BUSTES DE FEMME EN MARBRE

LE TOUT

Provenant de la Collection de M. S...

DONT LA VENTE AURA LIEU

HOTEL DROUOT, SALLE N° 5
Le Jeudi 12 Mai 1870

A TROIS HEURES

Par le ministère de **Me CHARLES OUDART**, Commissaire-Priseur,
boulevart des Italiens, 26,
Assisté de **M. ÉMILE BARRE**, Expert, rue de la Chaussée-d'Antin, 20,
Chez lesquels se délivre le présent Catalogue.

EXPOSITION PUBLIQUE
Le Mercredi 11 Mai 1870, de une heure à cinq heures et demie.

PARIS — 1870

CONDITIONS DE LA VENTE

Elle sera faite au comptant.

Les Adjudicataires paieront CINQ POUR CENT, en sus des enchères, applicables aux frais.

L'Exposition mettant le public à même de se rendre compte de l'état des Tableaux, il ne sera admis aucune réclamation une fois l'adjudication prononcée.

DÉSIGNATION

TABLEAUX

BOUCHER

(Signé et daté 1763)

1 — Nymphe surprise par un Satyre.

BREUGHEL

(Daté 1606)

2 — Château-Fort et Maison rustique au bord d'un
canal.

BREUGHEL (AMBROSIUS)

3 — Bouquet de fleurs dans un vase.

BRONZINO

4 — Portrait d'une princesse de la maison d'Este.

Elle est revêtue d'un riche costume orné de pierres précieuses,
et porte des perles dans les cheveux et autour du cou.

CHARDIN

(Signé)

5 — Le Foyer d'une cheminée.

Le tableau provient du palais de Fontainebleau.

A. CLOMP

(Signé)

6 — Vaches et Moutons au repos.

DEBUCOURT

7 — La Promenade de Longchamps.

DEBUCOURT

8 — Le Carnaval sur les boulevards.

> Ces deux tableaux, animés d'un grand nombre de personnages, forment pendants.

DIETRICK

9 — Réunion galante dans un parc.

VAN DYCK

10 — Vierge tenant l'Enfant Jésus.

EISEN

11 — Jeunes Femmes surprenant un page endormi.

FERG (FRANÇOIS)

12 — Soldats traversant un gué.

FYT

13 — Chien gardant du gibier.

GREUZE

14 — Bacchante.

VAN DER HELST

15 — Portrait de Dame.

> Elle est représentée tête nue, en costume noir avec collerette blanche.

HILAIRE

16 — Environs de l'Isle-Adam.

HUET

17 — Le Colin-Maillard.

HUGHTEMBURG

18 — Campement d'armée à l'entrée d'un village.

LANCRET

19 — La Dame villageoise.

LANCRET

20 — Le Repos dans la campagne.

LEDOUX (Mlle)

21 — Tête de jeune garçon.

LEMOINE

22 — Nymphes et Satyres.

LEMOINE

23 — Céphale et Procris.

Ces deux tableaux forment pendants.

J.-B. LEPRINCE

24 — La Collation champêtre.

J.-B. LEPRINCE

25 — La Halte de chasse.

J.-B. LEPRINCE

26 — Le Café.

Ces trois charmants panneaux forment pendants et peuvent servir à la décoration d'un salon.

LERICHE

(Signé)

27 — Bouquet de fleurs dans un vase.

LERICHE

(Signé)

28 — Pendant du précédent.

MARIESCHI

29 — Vue du pont du Rialto, à Venise.

MIREVELT

30 — Portrait de Dame.

Elle est vêtue d'une robe noire avec collerette blanche.

BAPTISTE MONNOYER

31 — Bouquet de fleurs dans un vase posé sur une table.

BAPTISTE MONNOYER

32 — Fruits dans un vase posé sur une table.

Pendant du précédent.

VAN DER NEER

33 — Paysage de la Hollande, au bord d'un canal ; effet de lune.

C. NETSCHER

34 — Jeune Dame appuyée sur une console de pierre, recouverte d'un riche tapis oriental et tenant une guirlande de fleurs.

PATER (Attribué à)

35 — Jeune Dame à sa toilette, entourée de ses femmes de chambre.

Tableau d'une précieuse exécution.

ROSLIN

(Signé)

36 — Portrait de Dame en costume Louis XVI.

Elle est représentée tête nue, les cheveux poudrés et ornés de perles.

RUBENS

37 — Vénus et l'Amour.

Œuvre admirable de l'artiste.

SCHÉNEAU

38 — L'heureuse Famille.

SCHÉNEAU

39 — Le Déjeûner.

SLINGELANDT

40 — Dame à sa toilette.

Sa servante est occupée à la coiffer.

TOCQUÉ

41 — Portrait de dame, la tête couverte d'une toque ornée de plumes.

STEEN

(Signé)

42 — Le Jour de la fête des rois.

TÉNIERS (père)

43 — Paysage avec figures.

TOURNIÈRES

44 — Portrait de dame en costume Louis XV.

> Elle est assise et tient sur ses genoux un cahier de musique ;
> son corsage est entouré d'une guirlande de fleurs.

TOURNIÈRES

45 — Portrait de Mme de Maintenon.

TRÉMOLLIÈRE

46 — Sujet pastoral.

VAN LOO

47 — Intérieur d'atelier d'artiste.

Le peintre est occupé à peindre un groupe représentant les trois Grâces.

VERNET (JOSEPH)

48 — Chute d'eau avec rochers au bord de la mer.

Tableau animé de figures.

VESTIER

49 — Portrait de Marie-Antoinette.

WATTEAU

50 — La Leçon de chant.

ZÉEMANN

51 — Bords de la mer, avec rochers et figures.

DEMACHY

52 — Paysages avec ruines et figures.

Deux aquarelles formant pendants.

GREUZE

53 — Tête de jeune fille.

Dessin à la sanguine.

GREUZE

54 — Tête de jeune fille.

Dessin à la sanguine.

PRUDHON

55 — **Sujet allégorique de l'Aurore.**
Dessin aux deux crayons.

TIÉPOLO
(Signé)

56 — **Bacchanale.**
Dessin à la plume et au lavis.

TIÉPOLO
(Signé)

57 — **Bacchante et Centaure.**
Dessin à la plume et au lavis.

MARBRES

—

58 — Buste de femme en marbre.

59 — Pendant du précédent.

—

60 — Miniature.

Renou et Maulde, imprimeurs de la Compagnie des Commissaires-Priseurs,
rue-de Rivoli, 144.   4583